國家圖書館出版品預行編目資料

穿過老樹林 / 蘇紹連著;陳致元繪. ——二版一刷. ——
臺北市: 三民, 2013
面; 公分. ——(兒童文學叢書・小詩人系列)

ISBN 978-957-14-2229-9 (精裝)

859.8

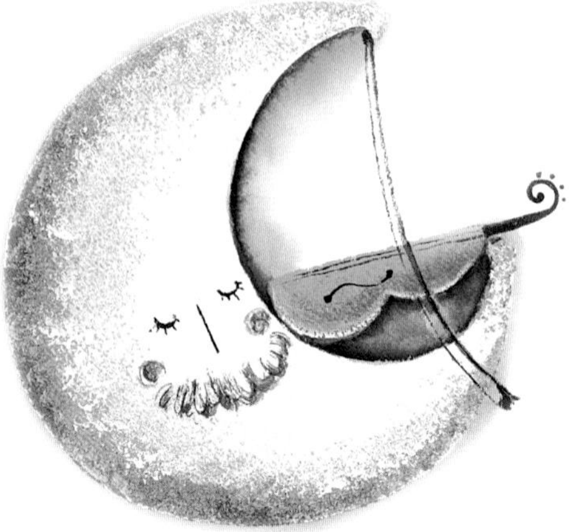

© 穿過老樹林

著作人	蘇紹連
繪者	陳致元
發行人	劉振強
著作財產權人	三民書局股份有限公司
發行所	三民書局股份有限公司 地址 臺北市復興北路386號 電話 (02)25006600 郵撥帳號 0009998-5
門市部	(復北店) 臺北市復興北路386號 (重南店) 臺北市重慶南路一段61號
出版日期	初版一刷 1998年3月 二版一刷 2013年1月
編號	S 853081

行政院新聞局登記證局版臺業字第〇二〇〇號

有著作權・不准侵害

ISBN 978-957-14-2229-9 (精裝)

http://www.sanmin.com.tw 三民網路書店

※本書如有缺頁、破損或裝訂錯誤,請寄回本公司更換。

兒童文學叢書
・小詩人系列・

穿過老樹林

蘇紹連／著
陳致元／繪

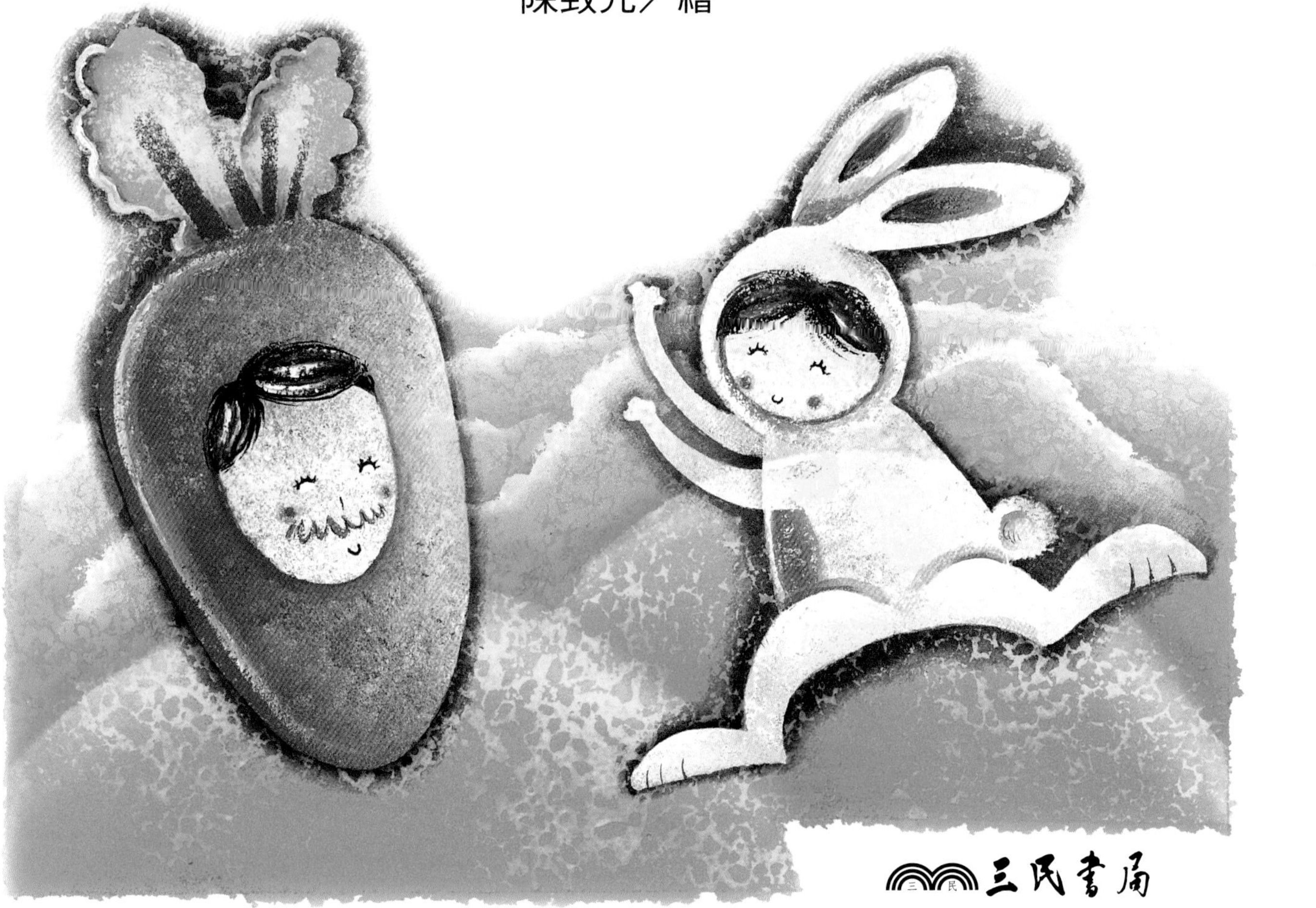

三民書局

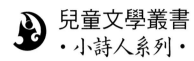

詩心・童心

——出版的話

可曾想過，平日孩子最常說的話是什麼？

「媽！我今天中午要吃麥當勞哦！」「可不可以幫我買電視上廣告的那種電動玩具！」「我好想要百貨公司裡的那個洋娃娃！」

乍聽之下，好像孩子天生就是來討債的。然而，仔細想想，這些話的背後，絕不只是貪吃、好玩而已；其實每一個要求，都蘊藏著孩子心中追求的夢想——嚮往像童話故事中的公主般美麗、令人喜愛；嚮往像金剛戰神般的勇猛、無敵。

為了滿足孩子的願望，身為父母的只好竭盡所能的購買，但孩子們總是喜新厭舊，剛買的玩具，馬上又堆在架子上蒙塵了。為什麼呢？因為物質的給予終究有限，只有激發孩子源源不絕的創造力，才能使他們受用無窮。「給他一條魚，不如給他一根釣桿」，愛他，不是給他什麼，而是教他如何自己尋求！

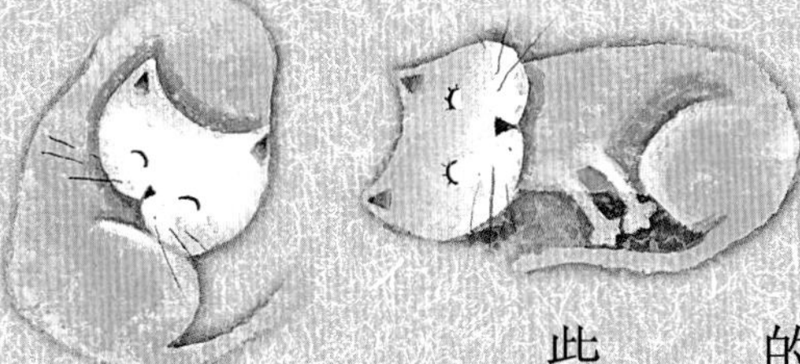

事實上，在每個小腦袋裡，都潛藏著無垠的想像力與無窮的爆發力。大人常會被孩子們千奇百怪的問題問得啞口無言；也常會因孩子們出其不意的想法而啞然失笑；但這種不規則的邏輯卻是他們認識這個世界的最好方式。而詩歌中活潑的語言、奔放的想像空間，應是最能貼近他們跳躍的思考頻率了！

於是，我們出版了這套童詩，邀請國內外名詩人、畫家將孩子們天馬行空的想像，熔鑄成篇篇詩句；將孩子們的瑰麗夢想，彩繪成繽紛圖畫。詩中，沒有深奧的道理，只有再平常不過的周遭事物；沒有諄諄的說教，只有充滿驚喜的體驗。因為我們相信，能體會生活，方能創造生活，而詩的語言，也該是生活的語言。

每個孩子都是天生的詩人，每顆詩心也都孕育著無數的童心。就讓這些詩句在孩子的心中埋下想像的種子，伴隨著他們的夢想一同成長吧！

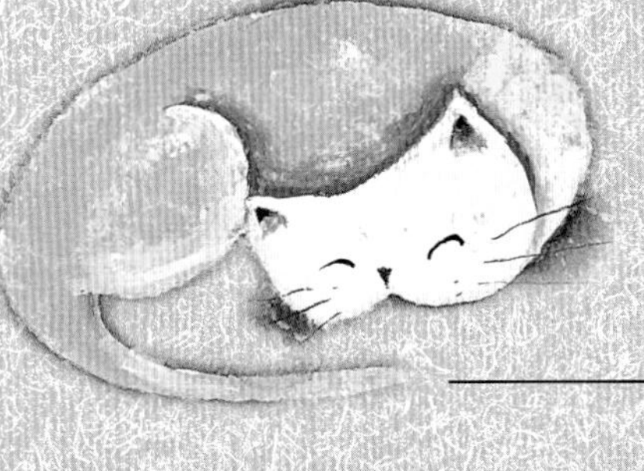

黑點與空白

蘇紹連

1

曾經有一位老師一進入教室便說要考試，同學們都緊張了起來。老師不慌不忙的拿出了一張白紙，紙上畫了一個黑點，原來是要考這個，大家才鬆了一口氣。

接著，老師問：「各位同學，你們在這張紙上看到了什麼？」大家異口同聲的回答：「黑點！」可是老師搖著頭再問：「看到了什麼？」同學們依然回答是黑點，老師再搖搖頭表示不對，同學們也不敢回答了，個個心裡都慌了起來。

最後老師才說：「現代的教學方式與升學主義限定了你們自由思考的能力。你們看，這張白紙上除了一個黑點外，是不是還有一大片的空白？空白的範圍更為廣闊，為什麼大家沒把注意力集中在寬闊的空白範圍，卻完全集中在黑點上呢？這就是同學們學習上的障礙，能突破這層障礙，思考力將會變得更遼闊。」

2

詩是那一大片的空白，不是那個黑點。

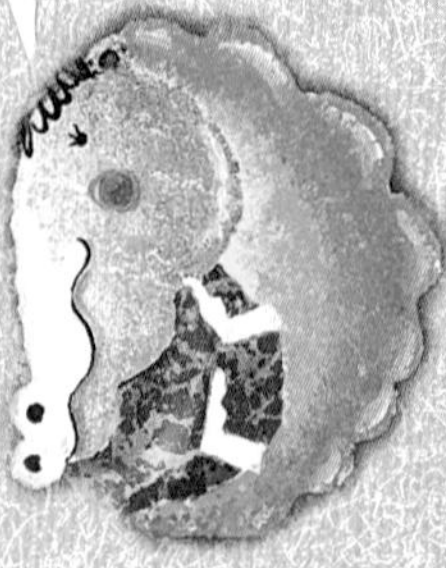

詩人寫詩，是在創造無限寬廣的空白。

空白形成了一個想像的空間，給予讀者自由的思考。

3

《穿過老樹林》這冊詩集，除了以童年生活為範圍外，兼以兒童的眼光觀察鄉村生活的現象，所以，適合兒童閱讀。

為什麼每首詩題的後面要引用一兩句舊詩呢？我是在創作時，無意間想到：舊詩與新詩或可融合及借用，試試看吧！我就一一找了適當的舊詩句子，試圖增加詩的思考幅度。希望這種作法，能對大家讀詩時有所助益。

4

感謝那位老師的啟發。

我一直相信，詩是黑點之外的空白，它有遼闊的空間，讓人做自由的思考及無限的想像。你認為呢？

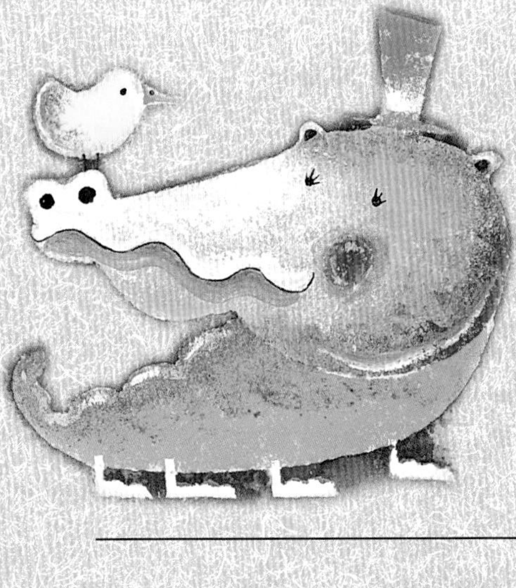

目次

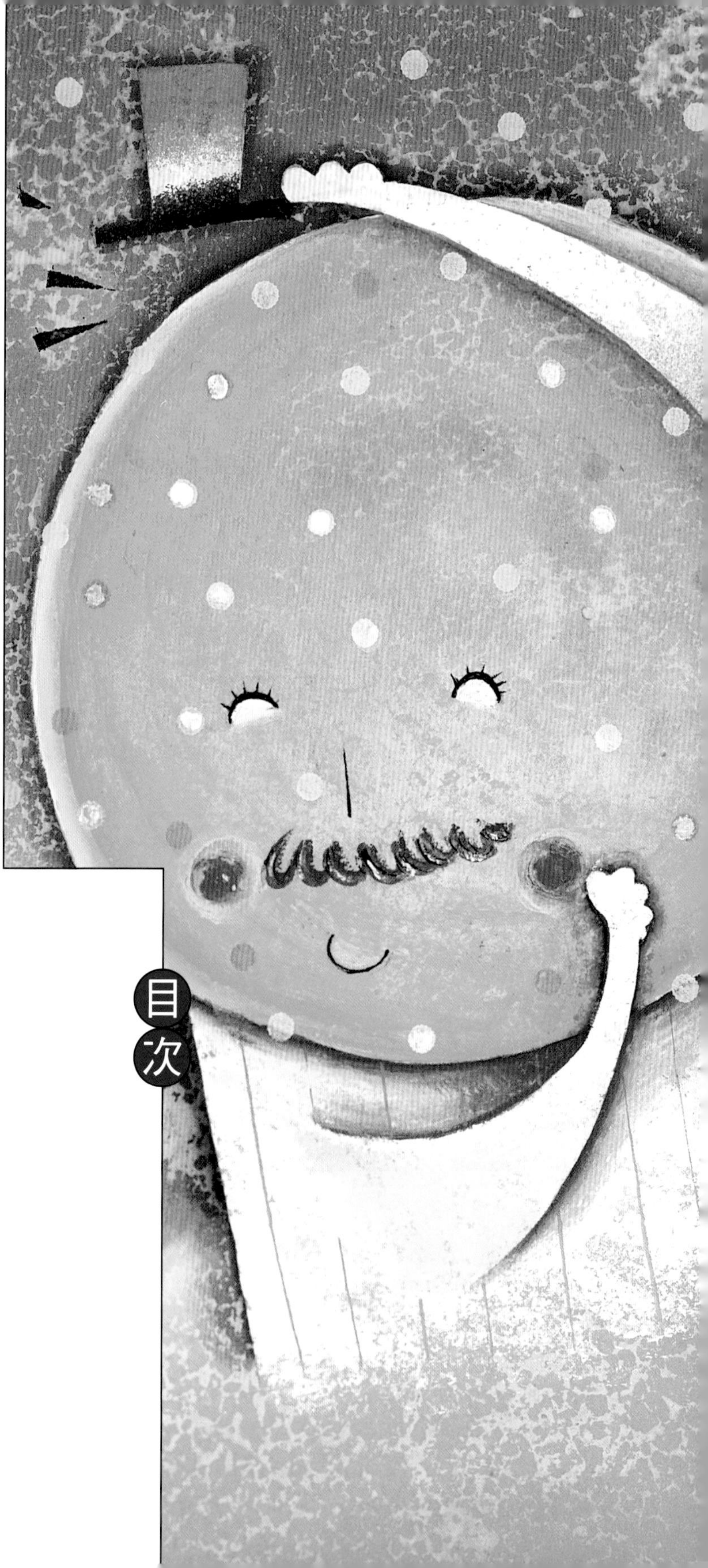

穿過老樹林

穿過老樹林

溪水清漣樹老蒼
行穿溪樹踏春陽
——王安石

踏著春天的陽光
涉過溪水
穿過老樹林
想到我
我可以變作一隻小動物嗎
四處飛飛跳跳
或者
我可以變作一株小樹嗎
和老樹站在一起
聽聽春風
經過的聲音啊

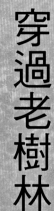

把「老樹林」當作「傳統」來想，
「穿過老樹林」就是：
「進入傳統，走出傳統」，
那麼，變作「一隻小動物」或
變作「一株小樹」，
不也表示一種活潑的生機
已在「傳統」中出現？

花兒的影子

月移花影上欄杆
——王安石

夜裡
我起來看
奶奶留下來的花

那花兒的影子
隨著月亮的移動
爬上了石階
爬上了欄杆
爬上了我的膝蓋
我想把它摘下來

可是
花兒已經凋謝了

花影移動，是由月亮所主控，
想想看，花是誰留下來的？
因此，可以把「月亮」想作「奶奶」。
把花兒的影子摘下，
是想保留奶奶給你的訊息，
可是實際上，
花兒不知什麼時候凋謝了？

向鳥兒借問

洛陽三月花如錦
多少功夫織得成
——劉克莊

睡醒的時候
望向庭院
看到一隻小鳥
在花叢間鳴叫
我想向鳥兒借問一聲
現在是什麼時候了
忽然
春風吹過來
告訴鳥兒
時候不早了
該做功課啊

「我」、「小鳥」、「春風」三者之間，
「我」和「春風」似乎沒有關係，
但是，藉由「小鳥」，
「我」也該知道時間得把握，
趕緊做功課去。

盪秋千

鞦韆院落夜沉沉

——蘇東坡

在院子裡
有人盪著秋千
盪上
盪下
像鐘擺
讓人覺得
時間多麼漫長啊
等待著那人停下來
我也想
坐著秋千
把時間盪快一些

由秋千的擺盪聯想到時間，
中間以「鐘擺」的比喻
做這個聯想的媒介銜接。
別人盪秋千，覺得慢，
若換由自己來盪時，
卻想盪快一些，
這也是小孩急於長大的心理吧！

養蠶

坐睡覺來無一事
滿窗晴日看蠶生
——范成大

穿藍色短褲的
弟弟養蠶
坐在陽光下
觀看小蠶的生長

有的蠶兒
一口一口
吃掉了綠色的桑葉

有的蠶兒
一條一條
吐出了白絲金絲

穿紅色上衣的
弟弟叫了一聲：
蠶兒吐出了一絲絲的陽光呀

這首詩提供了色彩的演出，其順序是：藍色（短褲），綠色（桑葉），白色、金色（蠶絲），紅色（上衣），讓本詩的意象鮮活起來。

荒廢的地方

梁園日暮亂飛鴉
極目蕭條三兩家
——岑參

有一個地方
已經荒廢了
太陽將落下時
可看見烏鴉亂飛
我猜想
以前這個地方
有花
有蝶

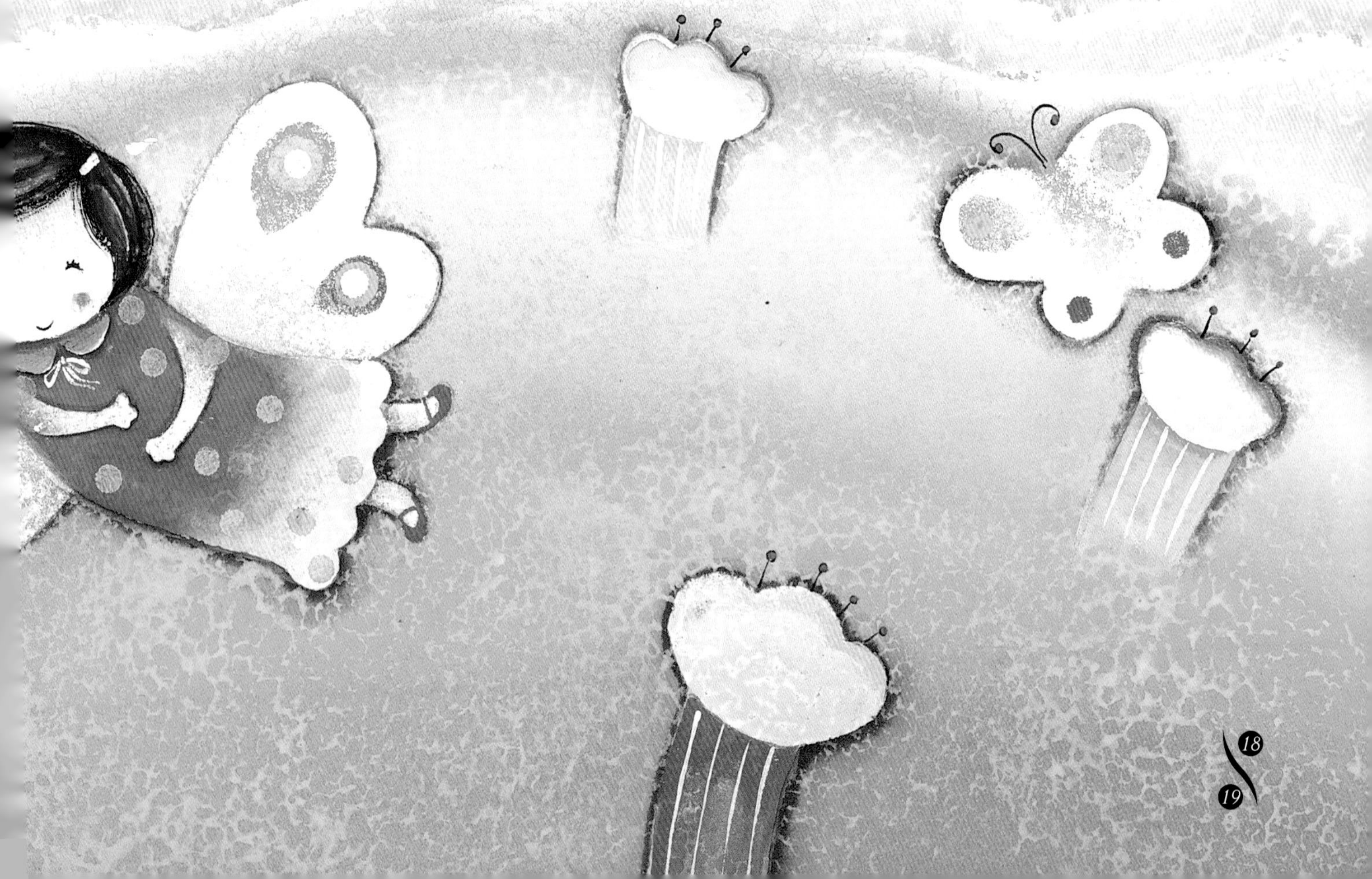

有鳳雀
但絕對沒有烏鴉
我這樣猜想
心裡就舒服多了

雖然面對的是荒廢的地方，
但是，如能想些美好的過去或未來，
心中也就平坦舒適多了。
這首詩啟迪人們的心思，
要往好的方面想，
意志也就不會消沉了。

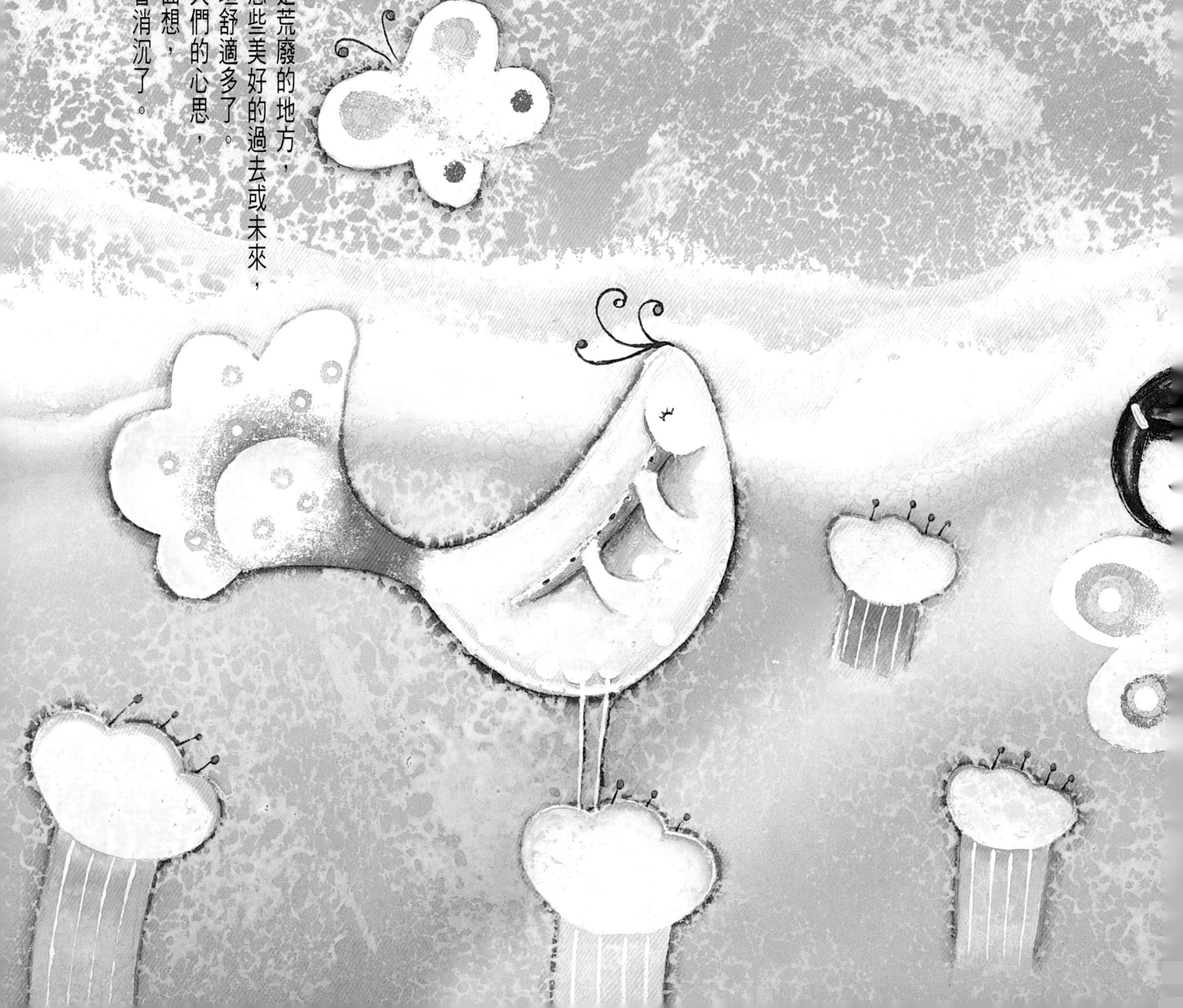

笛聲在飛

誰家玉笛暗飛聲
——李白

是誰吹笛子？
笛聲在空中飛呀
一定有翅膀
才會飛吧
我怎麼看不見
而只讓我聽到
也讓別人聽到
它飛累了吧
停下來好嗎
我想
把它養在我的鳥籠裡
讓它每天叫給我聽

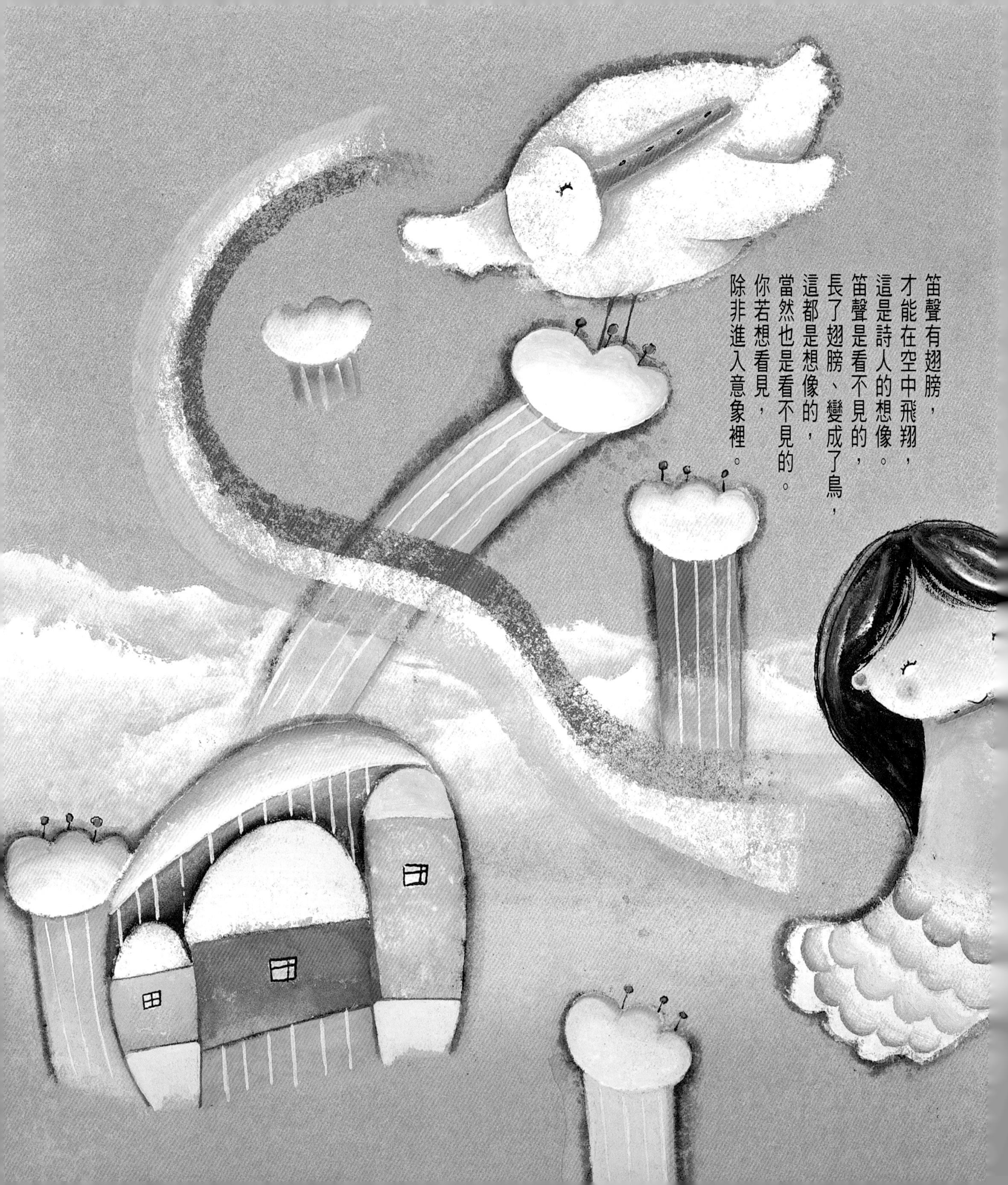

笛聲有翅膀，
才能在空中飛翔，
這是詩人的想像。
笛聲是看不見的，
長了翅膀、變成了鳥，
這都是想像的，
當然也是看不見的。
你若想看見，
除非進入意象裡。

綠樹的枝葉

綠樹交加山鳥啼
晴風蕩漾落花飛
——歐陽修

綠樹的枝葉像手
密密的交錯著
不透露
一絲風聲
或一句鳥啼

綠樹的枝葉像手
緊緊的擁抱著
抱著胸懷中的花

風忍不住了
就把花拂落
鳥不盡的啼叫著

「不透露一絲風聲
或一句鳥啼」，
除了形容枝葉的茂密外，
還可能暗示綠樹上
有一些祕密。
鳥不停的啼叫著，
是為花的墜落而傷心呢？
或是枝葉間的祕密
被發現了？
這是個有趣的問題。

收入河流中

晴川歷歷漢陽樹
芳草萋萋鸚鵡洲
——崔顥

整個天空的雨水
被一條河流收走了
甚至岸上的雜物
也被收入河中
收得乾乾淨淨的
好像
媽媽在做大掃除

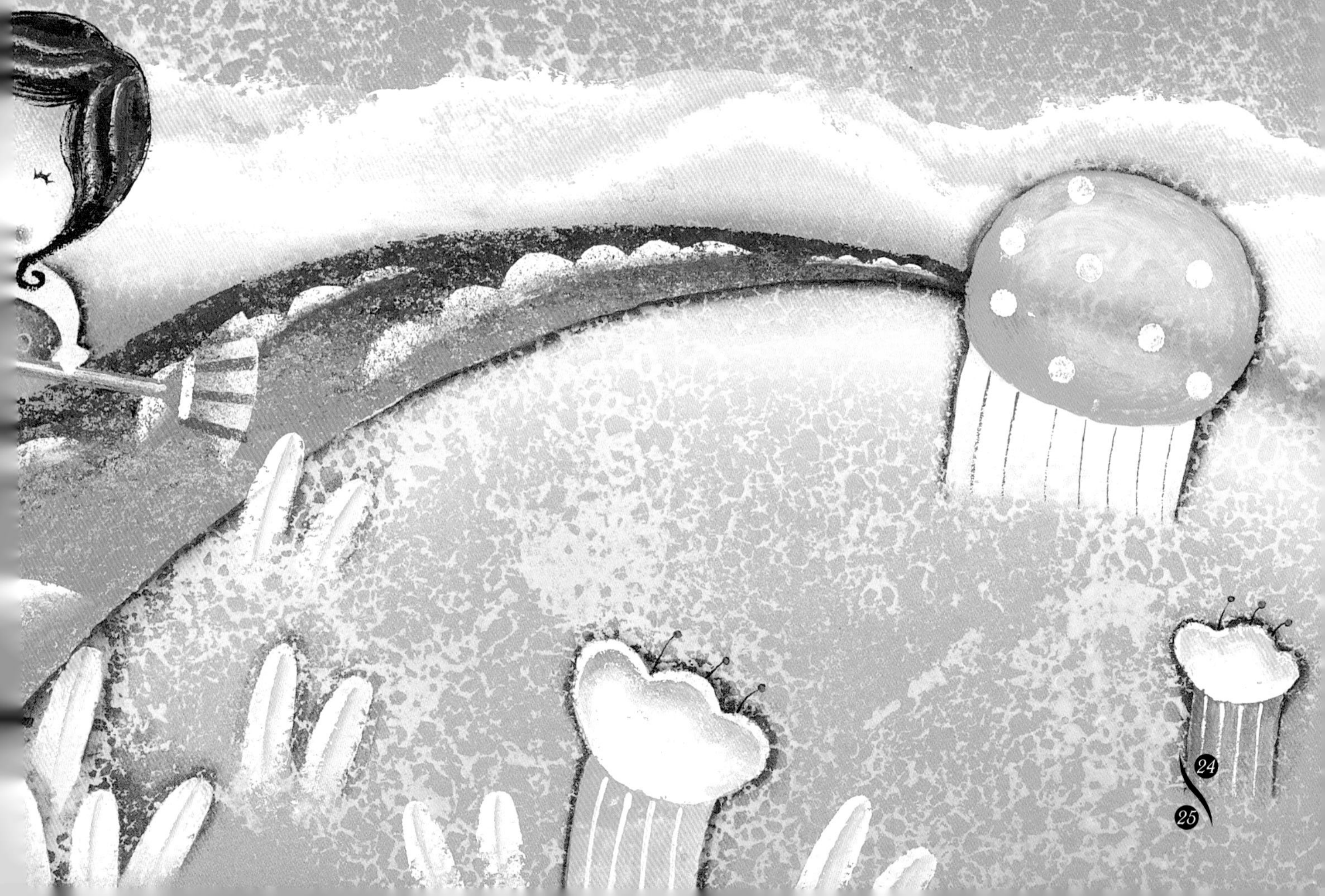

然而，卻有一個地方
草長得茂密
花開得豔麗
小生命快樂的活著
河流不忍心收走它
就繞著彎
走了

河流尚能盡力為環保「大掃除」，
身為人類的我們，能不慚愧嗎？
還好意思破壞美麗的地球嗎？
如果有一個花草美麗的地方，
我們能像河流一樣去保持它、
維護它直到永遠嗎？

談話的婦女

狗吠深巷中
雞鳴桑樹巔
——陶淵明

深巷中
有幾位婦女在談話
幾隻狗在巷口巷尾追來追去
烈日的光占據了這條巷子
我的媽媽也開門出來
去跟那幾位婦女談話
我以為是狗汪汪汪的叫
她們說話時，影子在地上
我走過去，坐在她們的影子裡
我抬起頭來看她們

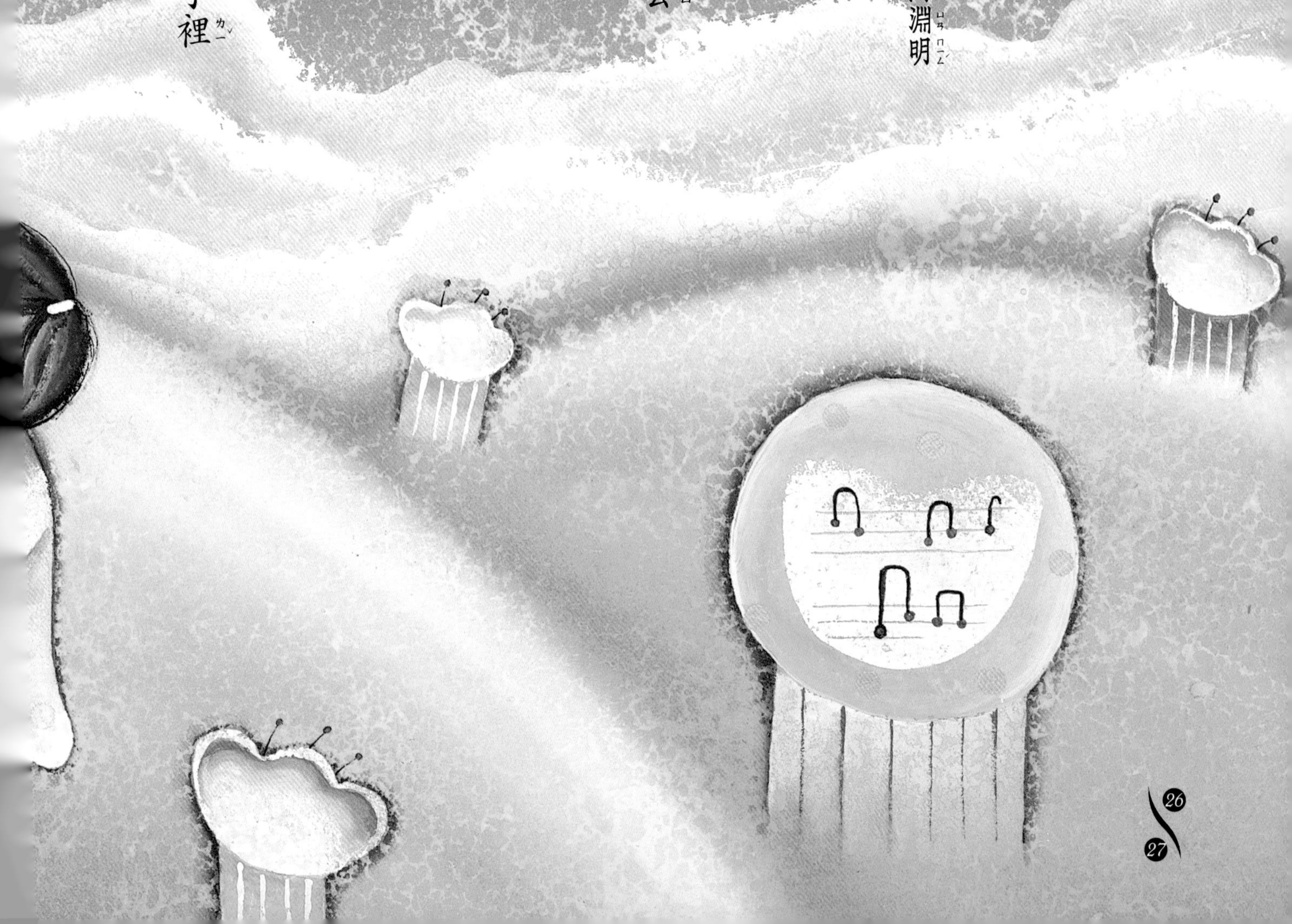

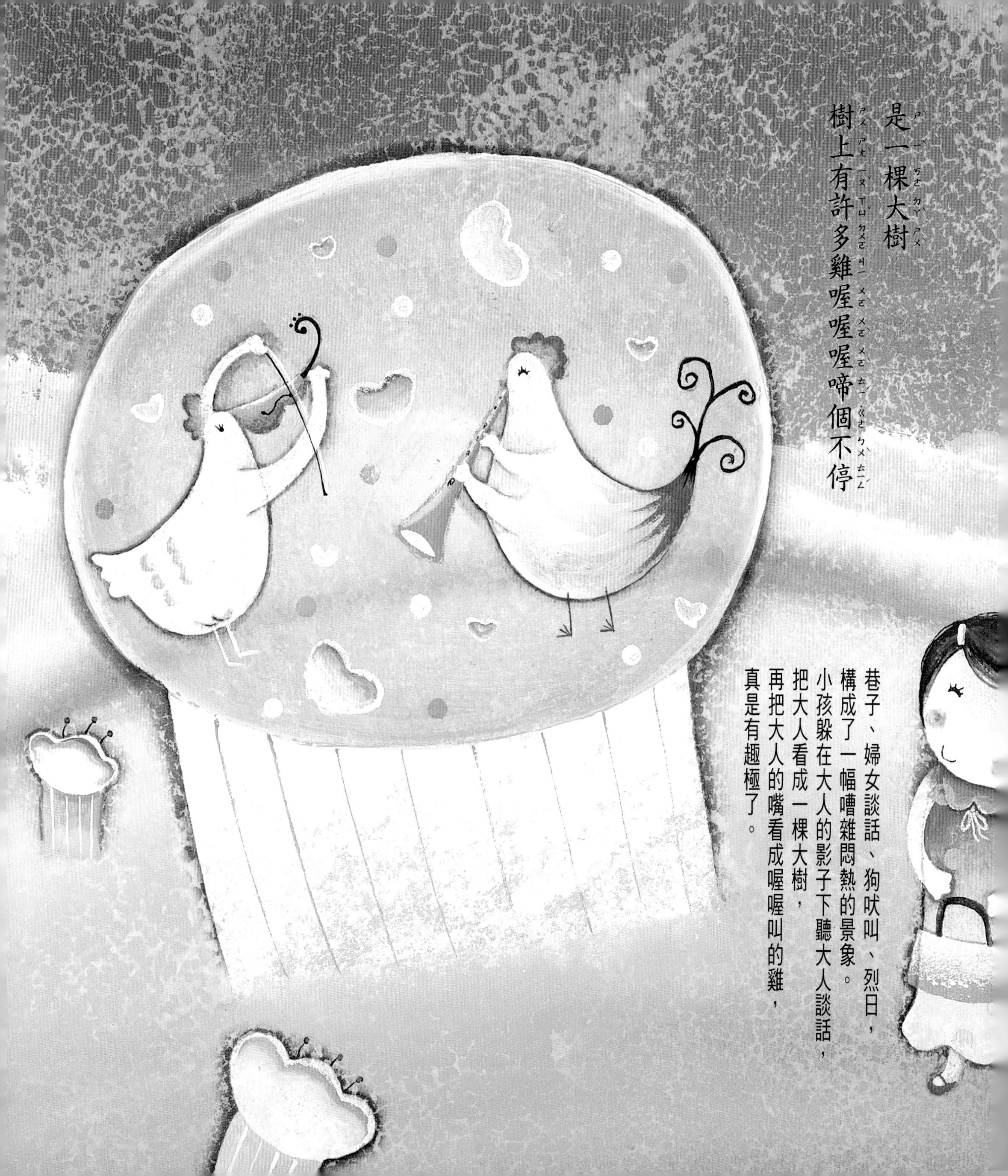

是一棵大樹
樹上有許多雞喔喔喔喔啼個不停

巷子、婦女談話、狗吠叫、烈日，
構成了一幅嘈雜悶熱的景象。
小孩躲在大人的影子下聽大人談話，
把大人看成一棵大樹，
再把大人的嘴看成喔喔叫的雞，
真是有趣極了。

我住的家

眾鳥欣有託
吾亦愛吾廬
——陶淵明

這塊花園很美，蝴蝶你來住
這座湖水真清淨，魚兒你來住
這片草原很寬廣，蜻蜓你來住
這處樹林真幽靜，鳥兒你來住
我也愛我住的地方，深深的
深深的愛著
我的家在臺灣
是幸福的家呀
歡迎你也來住

這是一首對臺灣本土讚美，
與對本土認同的詩。
臺灣這座島嶼的開放與包容，
是值得稱讚的。
而臺灣的美，更需要
住在島上的人共同來關懷與愛護。

彩虹消失後

長虹一出林光動
寂歷村墟空落暉
——元好問

我從樹林裡經過
仰頭看見彩虹
在樹梢上
好像綠葉變紅葉
太陽驚訝的
往西逃走
也把彩虹帶走了

我一低頭
葉子落滿地
每一片都
黑了

從絢麗轉變為黑暗，
是讀這首詩後的感受。
平常我們能注意到樹梢上的
彩虹把綠葉變成紅葉嗎？
入夜後，你能感覺到
落葉在沒有光彩的照映下，
是黑色的嗎？

池塘景象

最喜樹頭風定後
半池零雨半池星
——王世貞

池塘邊有棵樹
樹在風停的時候
喜歡叫我爬上去
坐在枝椏的手臂上
看著池塘

池塘有一幅美景
它好像把天空中的細雨
一滴一滴的吸下去
也好像把黃昏時出現的星星
一顆一顆的吸下去

這樣的美景
我會把它畫在記憶裡

這首詩不是純寫景物，
它還寫出感覺。
第二段，池塘吸入細雨，
也吸入星星，
用「吸」來描述，
其實是一種感覺，
池塘是不會有「吸」這個行為的。

燕子和白鷗

自來自去堂上燕
相親相近水中鷗
——杜甫

飛呀，飛呀，屋梁上的燕子
游呀，游呀，池水中的白鷗
我抬頭時要像燕子
我低頭時要像白鷗

飛呀，飛呀，燕子引頸看藍天
游呀，游呀，白鷗俯身入綠水
我伸張雙手擺動
我踮起兩腳跳躍

飛呀，飛呀，我和燕子自由自在
游呀，游呀，我和白鷗相親相近

自由自在的燕子，
相親相近的白鷗，
牠們生活的樂趣，
都是我們模仿與學習的目的。
可是，人類太複雜了，
不像動物那麼單純。

棋局

老妻畫紙為棋局
稚子敲針作釣鉤
——杜甫

小時候
你撕下一張月曆紙
由我畫上一幅棋盤
你當帥，我就來當將
輸了，贏了
再撕去一張
換由你畫上一幅
你想當兵，我只好當卒
我們再下一局
有時你輸，有時我贏

在學校也畫一幅幅棋盤
有時白天，有時晚上
日子就這樣過去了
我們長大後
在社會上又畫一幅棋盤
很難再分出勝負了
你還想當帥嗎

從小開始，和同伴比賽下棋，
在學校比賽功課成績，
長大後在社會上，
又要比賽及競爭，
拚個你死我活，
可見人的成長過程中，
必須擺設好多的棋局啊！

越過山坡記

大風起兮雲飛揚
威加海內兮歸故鄉
安得猛士兮守四方
——劉邦

我和我的父親到山坡上去
風正要越過山坡呀
雲也正要越過山坡呀
大家一起比賽
誰最先越過去

沒多久
父親已像一位猛士
站立在山坡上
高聲吟唱「大風歌」

而風停了
雲不動了
我也累了
我遠遠的看著父親
他一定跑第一吧
他說
他為了看故鄉
一定要跑第一

小孩要得知大人的生活，
往往是從父親那兒去探尋的。
這首詩，小孩崇拜父親像一位
唱著大風歌的猛士，
只不過小孩更會想，
想父親是為了看故鄉。
由於這麼一想，
詩中的情懷就非常感人了。

荒涼的路

古道無人行
秋風動禾黍
——耿湋

這是一條荒涼的路
爺爺說：幾百年前就有的
但很少人走過這條路

我感到奇怪
路為什麼還在呢
爺爺說：沒人走
但有秋風來走啊
看哪，也有夕陽慢慢的走過去
有彩雲慢慢的走過去

有星辰慢慢的走過去
有雨水慢慢的走過去
雖然沒有車痕，沒有人跡
但這條路仍存在於大地上
於現在的年代裡

敏銳的詩人心中，
認為大自然也在走著路；
路並不孤獨，並不寂寞；
每一條路都存在於大地上，
不管是有形、無形或繁華、荒涼。

陽光通往我家

返景入深林
復照青苔上
——王維

陽光從學校出發
循著沒有人的一條小路
通往
一座沒有人的山
再通過
一大片深密的樹林
這條小路最後抵達
我家門口
媽媽坐著
等我等到日落

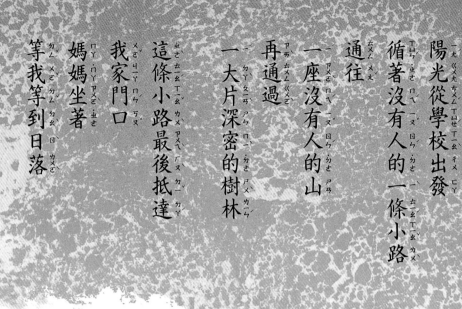

我想
陽光從我上學
到我放學回來
都跟在我身旁守護著我吧

世界上，唯有陽光是免費的付出，
就如同母親的愛。
陽光一路陪孩子上學、放學，
正如母親對孩子的守護。
這首詩把陽光的意義
做了一番新的解釋，
啊，讚美陽光吧！

離家出走

走馬西來欲到天
辭家見月兩回圓
——岑參

小時候有一次離家
一直很想向西走
會不會到天邊？
最遠
到一個陌生的村莊
心一慌就折回來
發現
要回家的路
和到天邊的路一樣長

我沿路叫著：
媽媽，我要回家！
媽媽，我不再離家！
走了好久
我曾回頭
看見太陽在天邊落下去
天已暗下來
我不敢再回頭
只瞧著前面的路往前走

忽然
東方的天空中
那漸漸升起的月亮
怎麼愈看愈像
媽媽的臉？

這首詩敘述一個離家出走的經驗，
在小孩的小小心靈中
留下難以抹滅的印象。
其實，到外頭去探險
是小孩子既期待又害怕的事。

夜的黑色袋子

日入群動息
歸鳥趨林鳴
——陶淵明

飄浮了一整天
那粒紅色的氣球
慢慢降落在夜的黑色袋子裡

工作了一整天
那無數忙碌的生命
也慢慢的蹲下坐下躺下趴下
在夜的黑色袋子裡

當夜的黑色袋子上的拉鏈拉攏時
聲音隨著停息
色彩隨著消失
夜神把這黑色的袋子帶走

讓我們醒來時
找不到昨天的辛苦

紅色的氣球象徵勞碌的人們
及任何為生存工作的生命，
到了夜裡休息睡眠的時刻，
彷彿落入黑色的袋子裡。
夜，像一輛在夜間工作的垃圾車
以許多黑色的袋子
運走了我們白天的疲勞。

寫詩的人

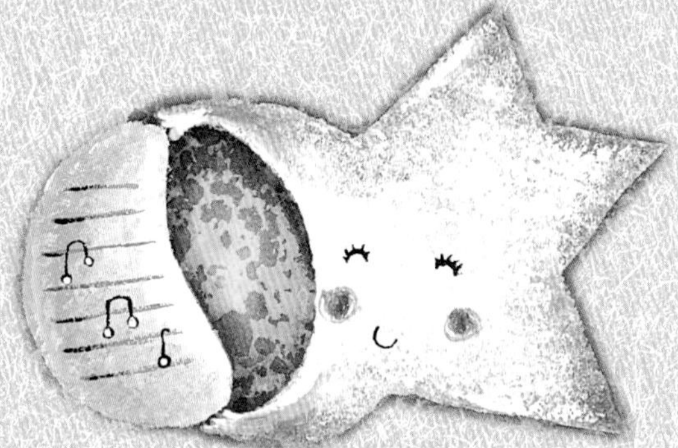

蘇紹連

蘇紹連，是一位小學教師，住在臺灣中部的沙鹿鎮，每天都過著與小朋友為伍的生活。他喜歡以小孩子的生活為題材來寫詩，詩中充滿對臺灣鄉鎮小孩的關懷。

他在學校裡編校刊，為小朋友設計了許多投稿單元，增加小朋友在寫作上的思考方向。另外，他還指導各班小朋友編輯班刊及採訪的工作，培養整個學校小朋友的寫作風氣。

他曾得過《中國時報》、《聯合報》兩報的文學獎詩類首獎，以及洪建全兒童文學獎童詩及童話優選，著有《驚心散文詩》、《童話遊行》等詩集。

畫畫的人

陳致元

「人生因夢而豐富」，這是陳致元的座右銘，年紀輕輕的他，一直努力的朝著自己的夢想邁進，而希望小朋友和大朋友都能喜歡他的畫，就是他最大的夢想。

原本學音樂，後來卻愛上畫畫的陳致元，對音樂也沒有完全忘懷，在他的畫中總有著各式各樣的樂器，可見音樂也已經成為他畫中不可缺少的一部分。

陳致元一向都用玩遊戲的心情在畫畫，他覺得這樣才能無拘無束、輕鬆自在的任意揮灑，也才能創造出天馬行空的想像世界，同時，這也是他如此執著於繪畫的重要原因。

詩後小語，培養鑑賞能力

在每一首詩後附有一段小語，提示詩中的意象、或引導孩子創作，藉此培養孩子們鑑賞的能力，開闊孩子們的視野，進而建立一個包容的健全人格。

釋放無限創造力，增進寫作能力

在教育「框架」下養成的孩子，雖有無限的想像空間，卻常被「框架」限制了發展。藉由閱讀充滿活潑想像的詩歌，釋放心中無限的想像力與創造力，並在詩歌簡潔的文字中，學習駕馭文字能力，進而增進寫作的能力。

親子共讀，促進親子互動

您可以一起和孩子讀詩、欣賞詩，甚至是寫寫詩，讓您和孩子一起體驗童詩繽紛的世界。

兒童文學叢書

小詩人系列

每個孩子都是天生的詩人

您是不是常被孩子們千奇百怪的問題問得啞口無言？
是不是常因孩子們出奇不意的想法而啞然失笑？
而詩歌是最能貼近孩子們不規則的思考邏輯。

現代詩人專為孩子寫的詩

由十五位現代詩壇中功力深厚的詩人，將心力灌注在一首首專為小朋友所寫的童詩，讓您的孩子在閱讀之後，打開心靈之窗，開闊心靈視野。

豐富詩歌意象，激發想像力

有別於市面上沒有意象、僅注意音韻的「兒歌」，「小詩人系列」特別注重詩歌的隱微象徵，蘊含豐富的意象，最能貼近孩子們不規則的邏輯。詩人不特別學孩子的語言，取材自身邊的人事物，打破既有的想法，激發小腦袋中無限的想像力與創造力。

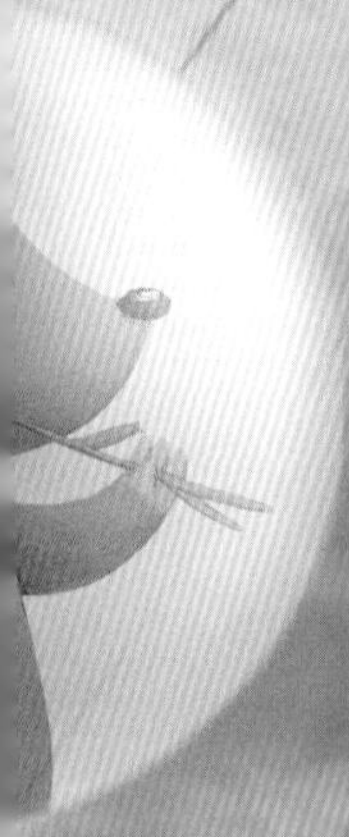

童話的迷人，

正是在那可以幻想也可以真實的無限空間，

從閱讀中也為心靈加上了翅膀，可以海闊天空遨遊。

這一套童話的作者不僅對兒童文學學有專精，

更關心下一代的教育，

出版與寫作的共同理想都是為了孩子，

希望能讓孩子們在愉快中學習，

在自由自在中發展出內在的潛力。

——簡宛（知名作家）